# GRRRROS LIONS!

# GRRRROS LIONS!

**Robert Munsch**      **Michael Martchenko**

Texte français de
Christiane Duchesne

*Éditions*
**SCHOLASTIC**

Les illustrations de ce livre ont été réalisées à l'aquarelle sur du carton à dessin Crescent.
Le texte a été composé en caractères Fairfield 20 points.

Catalogage avant publication de Bibliothèque et Archives Canada

Munsch, Robert N., 1945-
[Roar!  Français]
Grrrros lions! / Robert Munsch ;
illustrations de Michael Martchenko ;
texte français de Christiane Duchesne.

Traduction de: Roar!
ISBN 978-0-545-98021-0

I. Martchenko, Michael  II. Duchesne, Christiane, 1949-
III. Titre.  IV. Titre:
Roar!  Français.

PS8576.U575R6314 2009          jC813'.54          C2009-902626-0

Édition publiée par les Éditions Scholastic, 604, rue King Ouest,
Toronto (Ontario)  M5V 1E1 Canada.

6 5 4 3 2      Imprimé à Singapour 46      10 11 12 13

Ce soir-là, Isaac et Éléna lisent une histoire de lions.

Le lendemain matin, leur maman dit :

— Bonjour, Isaac! Bonjour, Éléna! C'est l'heure de vous lever!

— **GRRRRRRRRRRRR!**

rugit Isaac.

— **GRRRRRRRRRRRR!**

rugit Éléna.

— Mon Dieu! s'écrie leur maman. Quelle sorte d'animaux êtes-vous donc, ce matin?

— Des lions! répond Isaac. Aujourd'hui, nous sommes des lions.

— Bien, dit leur maman. Mes enfants sont des lions.

Au déjeuner, Isaac et Éléna trouvent chacun un os énorme, juteux et bien charnu à leur place.

— Qu'est-ce que c'est que ça? demande Éléna.

— Un déjeuner de lion, répond sa maman. Les gros os bien charnus sont excellents pour les lions.

— C'est vrai, dit Isaac.

Pendant que leurs parents ne les regardent pas, Isaac et Éléna donnent leurs os au chien.

— **GRRRRRRRRRRRR!** dit Isaac.

Il était bon, cet os!

— **GRRRRRRRRRRRRR!** dit Éléna.

Il était bon, cet os!

À l'école, l'enseignante d'Isaac déclare :

— Nous allons nous promener avec les élèves de la maternelle. C'est le PRINTEMPS! Même si notre école est en plein centre-ville, nous allons découvrir des animaux…

car il y a des animaux partout!

CHUUUUUUUUUUUUUUUUUUUUT!

Ne faites pas de bruit…

L'enseignante et les enfants sortent par l'entrée principale et commencent leur promenade autour de l'école.

SUR LA POINTE DES PIEDS...

Tout à coup, Fatima dit :

— Regardez, madame! Vous avez raison! Il y a des animaux! Juste ici, à côté de l'école, il y a un bébé lapin! Un petit lapin tout mignon caché dans l'herbe!

Et toutes les filles s'exclament :

— Trop mignon! Trop mignon!

— **GRRRRRRRRRRRRR!**

fait Isaac.

— **AAAAAAAAAAAAAH!**

crie le lapin.

Et il part en bondissant.

HOP! HOP! HOP! HOP! HOP! HOP!

Il saute par-dessus la clôture et il disparaît.

— Isaac! dit l'enseignante, IL NE FAUT PAS FAIRE PEUR AUX ANIMAUX!

L'enseignante et les enfants marchent sans bruit autour de l'école.

SUR LA POINTE DES PIEDS...

Tout à coup, Paul s'écrie :

— Regardez, madame! Vous avez raison! Il y a des animaux! Juste ici, sur la clôture, il y a un bébé écureuil! Un petit écureuil tout mignon!

Tout le monde s'écrie :

— Trop mignon! Trop mignon! Trop mignon!

Sauf Éléna…

— **GRRRRRRRRRRRR!**

rugit-elle.

— **AAAAAAAAAAAAAH!**

crie l'écureuil.

Et il part en bondissant.

HOP! HOP! HOP! HOP! HOP! HOP!

Il saute par-dessus la clôture et il disparaît.

— Éléna! dit l'enseignante, IL NE FAUT PAS FAIRE PEUR AUX ANIMAUX!

L'enseignante et les élèves continuent leur promenade.

## SUR LA POINTE DES PIEDS...

— Oh, regardez, madame! s'écrie Shakita. Il y a une toute petite souris qui traverse le terrain de jeu. Une petite, une minuscule souris, toute mignonne!

— **AAAAAAAAAAAAH!**
hurle l'enseignante. UNE SOURIS!
Une affreuse SOURIS! Que personne
ne bouge!

Tous les enfants restent figés sur
place, immobiles.

La souris s'approche. Elle renifle
l'oreille de Fatima, l'œil de Shakita, le
bras d'Éléna et le nombril de Paul.

Quand la souris arrive près d'Isaac, il lui dit très doucement :

— GRRRRRRRRRRRR!

La souris n'a même pas peur.

— GRRRRRRRRRRRR!

rugit-elle à son tour.

— Hé! dit Isaac, cette souris croit qu'elle est un lion. À trois, TOUT LE MONDE RUGIT!

— UN! DEUX! TROIS!

— **GRRRRRRRRRRRRR!**

— HIIIIIIIIIII! fait la souris.

Et elle se sauve en bondissant.

HOP! HOP! HOP! HOP! HOP! HOP!

Elle saute par-dessus la clôture et elle disparaît.

— **IL NE FAUT PAS FAIRE PEUR AUX ANIMAUX!** dit l'enseignante à TOUS les enfants.

— Hé! dit Éléna, l'enseignante n'est pas un animal! Rugissons tous ensemble!

— Un! Deux! Trois!

— **GRRRRRRRRRRR!**

— **AAAAAAAAAAAAAH!** hurle encore l'enseignante.

Et elle part en courant à travers le terrain de jeu.

HOP! HOP! HOP! HOP! HOP! HOP!

Elle saute par-dessus la clôture et elle disparaît.

À leur tour, Fatima, Éléna, Paul et Isaac traversent le terrain de jeu à la course.

HOP! HOP! HOP! HOP! HOP!

Ils sautent par-dessus la clôture et découvrent la souris cachée sous une feuille. Ils l'apportent dans la classe. Tout le monde est silencieux.

— CHUUUUUUUUUUUUUUUT! font tous les enfants.

Depuis, Isaac et Éléna s'occupent
de la souris toutes les fins de semaine.